AF383869

AUX TRAVAILLEURS.

DE L'ORGANISATION DU TRAVAIL,

par **E. H.**, agriculteur.

Prix : 50 cent.

STRASBOURG,
IMPRIMERIE DE G. SILBERMANN.
1848.

DE
L'ORGANISATION DU TRAVAIL.

Une grande révolution vient de s'accomplir en trois jours, par le courage et l'admirable intelligence du peuple parisien; tous nous avons applaudi avec enthousiasme à notre régénération politique et sociale, et les espérances les plus flatteuses sur l'avenir heureux réservé au pays sont venues remplacer le découragement provoqué par un système réactionnaire et ennemi du pays, poursuivi pendant dix-huit ans avec une audace et une persévérance incroyables. Parmi les questions vitales qui se trouvent en ce moment à l'ordre du jour, celle de l'organisation du travail est sans contredit une des plus dignes de fixer l'attention du pays et des législateurs; procurer à chacun la plus grande somme de jouissance et de bien-être possible, tel devra être le programme de nos législateurs. Mais pour arriver à ces résultats, il faut du calme et de l'ensemble; la violence et l'impatience ne peuvent que retarder le bien que nous sommes en droit d'attendre du nouveau régime sous lequel nous allons vivre et apporter des entraves à la marche du gouvernement, qui aujourd'hui a besoin de toutes ses forces, de toute sa puissance d'action, pour organiser une marche régulière. Ce n'est pas d'ailleurs par des mesures gouvernementales seules que la condition des trent-cinq millions de travailleurs que renferme la France peut être améliorée; il faut les efforts combinés de tous et de chacun, et dans aucun cas ce n'est pas du jour au lendemain que l'on peut effacer les traces de quatorze siècles d'oppression. Dès aujourd'hui la volonté générale est la seule puissance possible, et c'est de cette puissance seule que doivent sortir nos institutions; toute tentative isolée, tendant à influer sur la marche du gouvernement, en dehors de la volonté générale, est criminelle et tend à l'oppression.

C'est au développement d'institutions libérales, à l'organisation d'un bon système d'instruction, à la réforme d'impôts vexatoires et mal assis, à l'association du travail avec le capital, à la liberté d'association entre les travailleurs pour discuter librement leurs intérêts; enfin, c'est au concours de tous les bons citoyens, que nous devrons l'heureuse métamorphose sociale, qui permettra à chacun de venir prendre une part égale au grand banquet de la vie.

L'Amérique, si heureuse et si prospère aujourd'hui, n'est arrivée que graduellement à cet état. Que son exemple nous guide; nos institutions seront plus libérales et plus parfaites que les siennes, il n'y a pas à en douter; nous saurons profiter de ses fautes et nous ne serons d'ailleurs pas arrêtés par les difficultés que sa constitution et sa législation ont toujours rencontrées dans le défaut d'unité que sa division en états indépendants rend inévitable. La France, par son unité, acquiert une puissance d'action dont l'Amérique a manqué.

Il y aurait imprudence, il y aurait folie à vouloir du jour au lendemain réaliser tout ce que l'on est en droit d'attendre du développement libre et spontané des germes de bien-être qui vont surgir de l'expression de la volonté nationale; il y aurait crime à vouloir imposer au pays des lois et des mesures auxquelles il n'aurait pas donné son adhésion par ses représentants. Mais ce n'est que dans un avenir plus ou moins éloigné que la nation pourra jouir de tous les bienfaits qu'elle est en droit d'attendre d'institutions libérales; on n'improvise pas la prospérité d'un pays, on en pose les bases, et le travail la développe et la féconde. Vouloir en précipiter les résultats, c'est tuer la poule aux œufs d'or, c'est détruire le germe que nous devons soigner.

Les souffrances de la classe laborieuse (et ici j'entends par classe laborieuse, non-seulement l'homme qui travaille de ses bras, mais encore celui qui travaille de son intelligence) méritent la plus vive sollicitude. Cette classe en effet comprend la presque totalité de la nation; les hommes de loisir disparaissent chaque jour. Mais d'ailleurs, ne sont-ce pas les travailleurs seuls, depuis le sobre laboureur et le robuste artisan, jusqu'au savant académicien et au travailleur non moins savant qui déchiffre la nature dans sa mansarde; depuis le militaire et le matelot, jusqu'à l'industriel et au commerçant; ne sont-ce pas eux seuls, dis-je, qui sont la source de toute prospérité nationale, font vivre le pays et constituent sa force et sa richesse? Cette vérité, que l'égoïsme a toujours voulu étouffer, est aujourd'hui incontestable. Il serait donc de la plus évidente injustice de vouloir continuellement laisser les producteurs à l'écart, et c'est vers une plus juste répartition du bien-être général que les efforts du gouvernement et des représentants de la nation devront être dirigés. Désormais, il n'est plus possible de rétrograder; la nation entière se soulèverait au moindre mouvement de réaction. Le peuple participant dès aujourd'hui à la confection de ses lois, il est de toute impossibilité qu'elles nous ramènent vers un passé dont personne ne veut plus; mais quelque lentes que soient au gré d'impatiences certainement bien légitimes, mais peu raisonnées, les effets des mesures qui seront prises par l'Assemblée nationale, vouloir les devancer, ce serait récolter son blé en herbe, ce serait faire avorter le germe de notre régénération sociale; mais bien plus, il y aurait crime envers la nation, si l'on empiétait sur des droits qui n'appartiennent qu'à elle.

A l'avenir le capital ne doit plus exploiter la force ou l'intel_ligence; la part de chacun doit être proportionnelle à son apport en intelligence, travail ou capital. Sous un régime oppressif, antipathique à la nation entière, la division d'intérêt et les priviléges étaient les seuls moyens de gouvernement, pauvres moyens qui devaient tomber devant les progrès de la raison publique. Le pays, dont on s'était efforcé de former trois classes : les riches, les travailleurs et l'armée, s'est réuni pour briser le joug auquel on voulait l'assujettir. Aujourd'hui tous les intérêts sont solidaires, et une partie du corps social ne peut prospérer sans que les autres s'en ressentent. Si le manufacturier s'enrichit, les ouvriers qu'il emploie doivent nécessairement voir leur position s'améliorer; si l'ouvrier gagne en bien-être, il est incontestable qu'il deviendra plus habile, plus intelligent, et le manufacturier y trouvera son compte. Mais dans les transactions qui doivent amener ce résultat, tout changement doit être libre et spontané de part et d'autre; il n'est pas plus permis à l'ouvrier d'imposer des conditions au manufacturier qu'il n'est permis au manufacturier d'employer la contrainte vis-à-vis l'ouvrier; sans cette condition, il y aurait atteinte portée à la liberté individuelle. Je n'ignore pas que l'association du travail et du capital sur des bases libérales pourra rencontrer beaucoup d'obstacles, surtout dans les localités peu éclairées; mais les lumières de la raison ne sauraient rétrograder, et tôt ou tard elles triompheront des préjugés et de l'ignorance. La violence, je le répète, doit être exclue de ces transactions; c'est du développement pacifique de la raison publique, de l'influence bienfaisante d'institutions libérales et de l'exemple qu'il faut attendre la complète organisation du travail, que nous appelons de tous nos vœux.

Nous sommes en France vingt-six millions d'agriculteurs, plus déshérités encore que les ouvriers des villes; aucune des jouissances que procure la civilisation ne nous est connue, et pour prix d'une vie des plus laborieuses, c'est à peine si les plus riches d'entre nous ont ce qui est le plus indispensable à la vie des plus pauvres, et dans bien des contrées, la majeure partie n'a même pas la quantité d'aliments nécessaire pour soutenir son existence. *Manger à son appétit* est un luxe que ne se permet pas toujours l'ouvrier des campagnes. Que dirons-nous des logements, des vêtements, de l'instruction?

Qu'arriverait-il si, n'écoutant que notre désir d'arriver d'un seul bond à ne plus souffrir aucune privation, nous voulions dès aujourd'hui jouir de tous les bienfaits que nous promet le régime républicain? si nous refusions de cultiver la terre jusqu'à ce que nous ayons obtenu des moyens d'existence, qui nous sont aujourd'hui refusés? si, injustes et insensés, nous élevions la prétention d'obliger le gouvernement ou nos représentants à faire un miracle en notre faveur, à créer l'abondance là où les ressources sont insuffisantes? Ce qui arriverait, je vais vous le dire : la terre négligée cesserait de produire, demain vous n'auriez plus de pain, et la France, avec ses trente-cinq millions d'habitants, offrirait le spectacle d'un vaste champ de bataille après une sanglante défaite, ou plutôt d'une contrée maudite sur laquelle la colère céleste se serait apesantie. Que chacun de nous reste donc à ses travaux, la masse des produits d'un pays forme la masse de son bien-être: c'est par le travail que notre régénération sociale doit être soutenue. Sans perdre de vue un seul instant la marche de nos affaires, cessons de troubler le développement régulier de nos institutions par des exigences intempestives et impossibles à satisfaire sur-le-champ. L'organisation du travail est une question qui embrasse trop d'intérêts divers pour qu'il soit possible de la résoudre du jour au lendemain. Une mesure définitive prise trop à la hâte serait nécessairement incomplète et ne pourrait donner un résultat satisfaisant. Bientôt la représentation nationale va être consultée; après le vote de la constitution et des mesures indispensables pour assurer la marche régulière des services publics, son premier soin sera bien certainement la réforme des abus. Elle y procédera avec calme et maturité; tous les bons citoyens devront attendre avec patience le résultat des délibérations d'une assemblée, qui cette fois sera l'expression de la volonté nationale.

On a souvent dit : la production est trop considérable, il faut la restreindre ; il y a trop de bras, il faut en diminuer le nombre. De là cette détestable maxime qui a fait considérer par certains politiques la guerre comme une nécessité gouvernementale. Est-ce bien là qu'est la cause du mal ? a-t-on bien réfléchi, avant de prononcer une semblable hérésie ? Non, mille fois non, il n'y a pas trop de bras ; mais ils sont mal appliqués, et ils sont mal appliqués, parce que certaines branches de production ont été plus comprimées que d'autres. Si dans une famille on pouvait produire tout ce qui est nécessaire à la vie, quelqu'un aurait-il jamais la pensée de dire que l'excès de production sera nuisible à cette famille ? Non, bien certainement ; et s'il le disait, on le considérerait comme un fou. Dirait-on davantage que l'introduction d'une machine ruinera la famille en abrégeant le travail ? Pas davantage. Mais si les membres de cette famille, chargés de produire le blé et la viande, par exemple, ne peuvent pas en produire assez pour tout le monde, et si le fabricant d'étoffe, qui a beaucoup produit avec sa machine, ne veut, ce qui est très-juste, livrer des vêtements au laboureur que pour le blé ou la viande que celui-ci n'a pu produire, il y aura privation des deux côtés. L'agriculteur marchera nu, et le fabricant aura faim. Voilà exactement ce qui se passe aujourd'hui dans la grande famille française. L'équilibre est rompu ; l'agriculture ne produit pas assez, parce qu'elle manque de capitaux, d'instruction, et se trouve écrasée par toutes sortes de charges. Les fabriques sont encombrées, parce que l'agriculteur ne peut rien acheter.

Les campagnes, écrasées sous la misère, ont émigré vers les villes ; elles sont venues augmenter le nombre des bras offerts à l'industrie manufacturière. Habituées à vivre de privations, elles se sont empressées d'accepter toutes les conditions de salaire qu'on leur offrait. Les magasins des manufacturiers se sont encombrés de marchandises que l'on offrait au rabais ; les besoins ne manquaient pas, mais l'équilibre de production était rompu et les moyens d'échange n'existaient pas. Le laboureur récoltait à grand'peine de quoi nourrir misérablement sa famille, et le peu qu'il pouvait vendre ne suffisait pas toujours à payer ses contributions, l'intérêt des sommes qui lui étaient prêtées à usure, et les charges de toute nature sous le fardeau desquelles il succombait. Le sel, qui lui eût permis d'élever du bétail, devenait inaccessible à son industrie par son prix trop élevé; un régime hypothécaire désastreux lui ôtait la possibilité d'emprunter à un taux raisonnable. L'ignorance, la misère, la triste perspective de rester constamment dans ce même état de misère, arrêtaient chez lui jusqu'au désir de mieux faire. Si le pouvoir avait employé la moitié des efforts qu'il dépensait à mal faire, à maintenir l'équilibre de production, il en serait résulté un bien incalculable.

Ce n'est donc pas dans un excès de production qu'il faut chercher la cause du malaise, mais dans un mauvais emploi des forces. La France ne produit pas moitié des subsistances qu'elle peut consommer; elle ne produit pas le quart des étoffes qui seraient utiles à ses habitants. Le perfectionnement des moyens de production, l'introduction des machines et des outils améliorés dans toutes les industries, tels sont les moyens qui doivent concourir à rendre la position du travailleur plus heureuse, en diminuant son travail et augmentant les moyens de bien-être. Mais ces améliorations, cet équilibre de production, est-ce demain que nous pouvons l'obtenir? Non. Demain nous pouvons nous mettre à l'œuvre, nous pouvons nous y mettre aujourd'hui même; mais nous devons avoir la patience d'attendre les résultats, qui ne peuvent s'improviser du jour au lendemain.

Si les vingt-six millions d'agriculteurs qui nourrissent la France voulaient dès aujourd'hui vivre avec l'aisance que l'on rencontre chez le fermier des États-Unis d'Amérique, pas un grain de blé n'irait sur les marchés, pas une livre de viande n'entrerait à Paris; et je dis plus, avant peu de mois toutes les ressources et les provisions de la France auraient disparu. Il est bien constaté que la France ne produit pas assez pour que tous ses habitants puissent vivre avec l'aisance et le confortable d'un ouvrier ou d'un fermier américain. Est-ce la violence qui augmentera la production? Non, c'est le développement régulier de nos institutions à venir, c'est le travail fécondé par l'intelligence et protégé par des lois libérales, c'est enfin la suppression des entraves qui jusqu'ici ont gêné la production. La France est assez grande et assez féconde pour nourrir tous ses enfants; la production peut être facilement doublée, mais c'est à la condition qu'un travail intelligent viendra l'aider dans la production.

Nous aurons la patience d'attendre que l'arbre de la liberté ait mûri ses fruits. Ce qu'il nous faut aujourd'hui, ce ne sont pas des résultats de bien-être complets et immédiats : il est impossible de les improviser; mais la certitude que nous serons toujours les maîtres de marcher comme nous le jugerons convenable, et des mesures qui assurent le développement de toutes les sources de la prospérité nationale. Cette certitude, nous devons la chercher dans une constitution libérale, qui laisse à chacun sa part d'action dans les affaires publiques et empêche à jamais le retour des abus qui ont pesé si longtemps sur la France. C'est l'œuvre réservée à notre prochaine assemblée législative.

Quant à l'organisation du travail, la liberté la plus absolue doit présider à sa discussion. Aujourd'hui il n'y a plus quelque chose qui est peuple, et quelque chose qui n'est pas peuple. Cette démarcation établie par un pouvoir dont la force était fondée sur la division de la nation, doit disparaître. Il y a trente-cinq millions de Français qui doivent n'avoir qu'un but, la prospérité nationale, d'où découle comme conséquence inévitable le bien-être individuel. Il est impossible qu'une portion de la grande famille française souffre, sans que le reste s'en ressente. A côté de l'intérêt général, il y a, je le sais, l'intérêt individuel, qui s'efforce d'attirer à lui la plus grande part possible de bien-être. C'est à la raison qu'il appartient de maintenir l'intérêt individuel dans de justes bornes; la violence serait un très-mauvais moyen, et ne tendrait qu'à reculer le moment où chacun reconnaîtra que la justice et son propre intérêt lui commandent de laisser à chacun sa juste part. Le capitaliste et l'industriel doivent jouir de la même liberté que l'ouvrier dans leurs transactions. Vouloir les contraindre, c'est arriver à un état de tension qui menacera continuellement d'une rupture. Tout pacte dans lequel chaque partie contractante n'aura pas sa complète liberté d'action, deviendra oppressif à l'égard de l'une d'elle; il en résultera du mécontentement et le désir de sortir d'une position forcée. Les capitaux tendent à se retirer de la circulation, lorsqu'ils ne trouvent pas liberté et sécurité complètes; il est de l'intérêt bien entendu des travailleurs de les attirer le plus possible vers la production : c'est le seul moyen d'établir la concurrence dans les offres d'ouvrage. C'est à la raison des industriels qu'il faut s'adresser; beaucoup ont pris déjà l'initiative de mesures libérales; il n'est pas douteux que les moins clairvoyants ne se trouvent bientôt obligés de suivre la même voie par la seule impulsion de la raison. En résumé, la violence ne peut que diminuer le travail, la production et le bien-être.

Faut-il pour cela rester dans l'inaction? doit-on attendre du temps seul la réforme des abus? Non, il faut au contraire, dès aujourd'hui, commencer l'œuvre de l'organisation du travail. Mais c'est par la discussion, par la persuasion qu'il faut arriver au but que l'on se propose; il faut que chacun cède à la conviction, jamais à la violence. Il se trouve dans la classe ouvrière une foule d'hommes d'un rare bon sens et d'une intelligence dont nos anciens hommes d'État ne s'étaient jamais doutés; eux qui ne savaient apprécier l'intelligence qu'alors qu'elle se traduisait par un sac d'écus. Ces ouvriers, il n'en faut pas douter (car il nous ont donné trop de preuves de leur intelligence et de leur amour de l'ordre), seront les premiers à repousser tout moyen violent et oppressif. La liberté d'association et de discussion leur donne les moyens de faire prévaloir leurs justes réclamations, en même temps qu'elle laisse aux fabricants la possibilité de défendre leurs propres intérêts. Il faut donc que dès aujourd'hui chacun reste à ses travaux : l'intérêt de la patrie le réclame. Mais dès aujourd'hui aussi, et tout en acceptant provisoirement les conditions de travail et de salaire qu'ils ont eues jusqu'aujourd'hui, il faut qu'ils avisent aux moyens d'arriver à l'organisation de la production. Que dans chaque industrie les maîtres et les ouvriers se réunissent, que des délégués des uns et des autres s'assemblent, et qu'après une mûre discussion, ils arrêtent les bases de l'organisation du travail, auquel plus tard le gouvernement donnera une sanction légale. La presse ici peut et doit jouer un beau rôle pour éclairer la discussion et l'opinion publique. Il serait à désirer que le pouvoir provoquât ces réunions, et certainement il le fera dès qu'on en manifestera le désir. Mais prenons garde de lui causer des embarras, en exigeant de lui une solution que chaque branche d'industrie doit trouver en elle-même. Il n'est pas toujours bon de forcer le pouvoir à descendre aux détails ; il ne doit prendre l'initiative que dans les mesures d'intérêt général. Que chaque industrie ouvre donc la discussion, en se rapprochant de cette idée que l'intérêt du maître et de l'ouvrier ne sont pas opposés ; ils marchent l'un à côté de l'autre et doivent se développer ensemble, en se soutenant réciproquement.

Quel est le but que l'on doit se proposer dans l'organisation du travail ? Quels sont les moyens généraux qui peuvent amener au but proposé ? C'est ce que je vais examiner. Je n'ose me flatter d'avoir résolu une question aussi complexe ; la discussion fera certainement apparaître des points de vue qui m'ont échappé, et rectifiera des erreurs que j'aurai commises. Je me trouverai heureux si j'ai pu placer seulement quelques jalons pour guider ceux qui auront à résoudre le problème qui nous occupe.

Le but de l'organisation du travail est : 1° d'arriver à une répartition plus juste des bénéfices ; 2° d'assurer du travail à chacun selon ses facultés intellectuelles et physiques ; 3° de régulariser la production de manière à ce qu'un produit ne vienne pas à manquer, tandis qu'un autre est trop abondant; 4° enfin d'empêcher que les salaires ne deviennent insuffisants.

Les moyens généraux d'arriver à ce but sont les suivants : 1° la responsabilité de chaque fabricant pour les produits; 2° la liberté de transaction entre le fabricant et l'ouvrier; 3° la liberté d'association et de discussion; 4° l'égalité de conditions accordée à toutes les industries; 5° l'instruction la plus libérale répandue sur toutes les classes; 6° la participation de l'ouvrier aux bénéfices; 7° enfin comme moyen accessoire, mais non moins puissant que les précédents, la création de nouveaux plaisirs, pour les ouvriers des villes surtout. Je ne parle pas ici d'une foule de mesures qui, bien qu'étrangères à l'organisation du travail, n'en seront pas moins de puissants moyens de bien-être pour la nation. Il n'entre pas dans le cadre que je me suis tracé de les discuter.

La responsabilité du fabricant s'établit par la marque de fabrique rendue obligatoire, et l'obligation de déclarer la vérité sur ses factures imposée au vendeur. On empêchera ainsi la marchandise de basse qualité de venir faire une concurrence mensongère à celle qui, par sa bonne confection ou le choix des matières premières, ne peut être cédée au même prix, concurrence qui oblige à baisser continuellement les prix, et qui par suite, comme moyen d'arriver à une fabrication possible, amène la réduction des salaires. La loyauté dans les transactions nous ouvrira d'ailleurs dans les ports étrangers des débouchés que nos pacotilleurs nous ont fait fermer par la mauvaise qualité des produits qu'ils ont aportés et la mauvaise foi dans leurs transactions.

La liberté de transaction entre l'ouvrier et le fabricant est aussi un des moyens qui doivent amener l'organisation du travail. Comment, en effet, espérer de la stabilité et une marche régulière d'une association dont les bases froissent l'une des parties contractantes? Cela n'est pas possible; si l'ouvrier ne partage pas les bénéfices dans une proportion équitable, il ne peut s'empêcher de désirer un changement. Si, quels que soient les efforts pour mieux faire, il ne voit jamais son salaire s'améliorer, il travaille avec découragement; il est porté à refuser le travail qui lui est offert dans des conditions qu'il regarde comme injustes et qu'il n'a subies que sous l'empire de la nécessité. Dès lors il cesse de prendre aucun intérêt à la réussite de l'entreprise à laquelle il coopère. Bien des fabricants sont loin de se douter de l'économie qu'ils pourraient trouver à associer leurs ouvriers à leurs bénéfices. Si, d'un autre côté, les ouvriers imposent au fabricant des conditions onéreuses, de deux choses l'une : ou bien il se ruinera, ou bien il devra cesser sa fabrication; dans les deux cas le travail cessera inévitablement. On ne se rend pas toujours compte d'une manière exacte de la position du fabricant : dans bien des cas une augmentation de salaire peut être pour lui une cause de ruine. Les bénéfices sont très-restreints dans bien des industries; ce qui nous le prouve, c'est qu'à la moindre secousse, au moindre resserrement des affaires, beaucoup ne peuvent plus fabriquer. Ce n'est donc pas toujours dans une augmentation de salaire qu'il faut chercher un remède au mal; ce remède flatte à la vérité, parce qu'il agit du jour au lendemain; mais pour un peu de bien-être qu'il donne immédiatement, il cause souvent dans un avenir peu éloigné un long malaise.

L'amélioration du sort des ouvriers doit se chercher autre part que dans cette augmentation de salaire: il faut créer la richesse nationale avant d'en jouir. Des débouchés nouveaux, la prospérité de l'agriculture et l'association de l'ouvrier aux bénéfices du fabricant : tels sont les moyens qui amèneront infailliblement l'aisance dans toutes les parties du corps social. Vouloir obtenir le bien et le progrès par lambeaux, c'est disloquer le corps social. L'augmentation des salaires est intimement liée à la prospérité générale. Méconnaître cette vérité, c'est faire preuve de peu de bon sens. Je sais que dans bien des industries la position des travailleurs peut être immédiatement améliorée; il faut s'adresser à la raison des fabricants, et nul doute qu'ils n'entendent assez leurs intérêts pour sentir qu'il est intimement lié à celui des ouvriers. Aujourd'hui, les intérêts de toutes les classes de la société sont solidaires; l'oublier, c'est rétrograder. Les révolutions de 1789, 1830 et 1848 n'ont eu d'autre cause que les priviléges accordés à certains intérêts au détriment du reste de la nation. Les classes qui tenaient le pouvoir entre leurs mains ont voulu jouir sans s'occuper du malaise général; leur but était d'amasser des richesses et non d'en créer; elles sont arrivées à une dislocation sociale. Aujourd'hui tous les efforts doivent tendre vers ce but : créer la richesse nationale et y participer chacun dans une juste proportion. C'est dans ces conditions seulement qu'il faut chercher la consolidation du nouveau système. Soyez-en sûrs, toutes les fois qu'une classe, se séparant de l'intérêt général, stipulera pour elle seule, elle amènera une perturbation sociale. Le progrès ne peut donc s'obtenir que par des mesures générales, résumant les droits de tous, et par les efforts individuels de chaque travailleur. Il y aurait, je le répète, folie à vouloir dès aujoud'hui obtenir un bien-être factice, auquel toute la nation ne pourrait pas participer; il faut savoir semer pour récolter. Mais rien n'empêche, c'est au contraire un devoir pour chacun de se mettre à l'œuvre dès aujourd'hui pour préparer la marche, éclairer l'opinion et fonder les bases de l'organisation du travail.

La liberté d'association et de discussion est dès aujourd'hui un droit reconnu; il n'est pas possible d'établir pour toutes les industries, ni même pour une industrie dans différentes localités, des règles fixes et invariables pour l'organisation du travail : la manière d'opérer, les habitudes dans les relations d'ouvrier à fabricant, la diversité d'industrie, le degré d'instruction des populations, etc., sont autant de circonstances qui ne permettent guère d'établir des règles générales pour les mesures de détail de l'organisation du travail. C'est à la discussion à résoudre ces questions dans chaque localité. Plus tard, lorsque ces conférences, aidées du secours centralisateur de la presse, auront fixé l'opinion publique, le pouvoir sentira mieux la part qu'il doit prendre à l'organisation du travail. Aujourd'hui, sa mission, outre quelques mesures tout à fait générales, telles que la fixation des heures du travail et l'abolition de certains abus; sa mission, dis-je, doit se borner à favoriser et au besoin à provoquer les réunions d'ouvriers et de chefs d'ateliers. Que dès aujourd'hui donc, et tout en continuant leurs travaux, les chefs d'ateliers et les ouvriers ouvrent ces conférences; et là, avec calme et modération, chacun viendra défendre sa cause, et n'oubliera pas qu'aujourd'hui tous les intérêts sont liés. Dans ces conférences, j'en suis certain, bien des concessions seront faites de part et d'autre; on reconnaîtra que des intérêts, qu'un pouvoir ombrageux avait jusqu'ici fait considérer comme opposés, sont au contraire étroitement liés, comme ceux des divers membres d'une famille. On agira sans contrainte et sous la seule influence de la persuasion. Il n'est pas douteux qu'on n'arrive, dès les premiers moments, à reconnaître que chacun doit être rétribué suivant son apport en argent, force ou intelligence. Dès ce moment un grand pas sera fait dans la voie du progrès, et une fois engagé, on ne s'arrêtera plus en chemin. Mais il faut éviter avant tout qu'aucune animosité, aucune impatience ne viennent troubler des conférences dont la liberté et la plus parfaite indépendance doivent former la base. Il faut savoir supporter un avis contraire au sien et respecter la personnalité de chacun; personne n'est obligé de souscrire à ce qui sera proposé; toute adhésion devra être le résultat de la conviction.

Je suppose bien que chacune de ces conférences n'aboutira pas à un résultat complet et satisfaisant; mais la raison s'éclaire par la discussion; il restera dans les esprits des idées justes qui bientôt y germeront. Si d'un côté quelques-unes de ces conférences n'ont pas amené une solution conforme à l'attente de la classe laborieuse, d'autres, peut-être même le plus grand nombre, fourniront une solution satisfaisante. Car il ne faut pas l'oublier, la plupart de nos fabricants sont des hommes d'une haute intelligence: nos expositions de l'industrie en font foi; il ne leur sera pas difficile de s'entendre avec les travailleurs, dont ils se sont montrés si souvent les amis éclairés. Mais il faut que, de leur côté, les travailleurs ne s'obstinent pas à exiger l'impossible; il faut qu'ils se rendent bien compte de la crise qui pèse sur l'industrie et de l'impossibilité où se trouveraient les fabricants de marcher si l'on aggravait encore leur position. La raison toujours droite des ouvriers cédera, cela est certain, à l'évidence; ils sauront ne demander que ce qui est juste et possible en ce moment. N'oublions pas que les violences qui ont suivi 1789 et la précipitation apportée en 1830 ont fait deux fois avorter le règne de la liberté. Ce qu'il nous faut aujourd'hui, ce ne sont pas des concessions arrachées au pouvoir par la menace ou la violence, mais un vaste système de liberté qui favorise le développement de toutes les sources de prospérité. C'est à tort que l'on attend tout du pouvoir pour l'organisation du travail; sa mission est de garantir la liberté individuelle et d'aider au développement des idées utiles ou même de les provoquer, et de prendre les mesures générales que réclame l'intérêt public. Mais il ne doit qu'avec la plus grande réserve toucher aux transactions; son intervention dans les débats d'intérêt a toujours un caractère oppressif, incompatible avec l'esprit républicain. La violence, de quelque part qu'elle vienne, ne peut jamais féconder la production; elle porte en elle un principe destructeur qui arrête l'essor de toute industrie. Toute transaction doit être librement consentie de part et d'autre.

Ce que l'on peut demander au gouvernement, c'est la réforme des impôts mal assis et gênants pour l'industrie; les grandes mesures de crédit public; des lois libérales assurant la liberté et la protection de tous; une bonne application des revenus de l'État; la réforme des abus: telles sont les réformes réclamées pour les monts-de-piété et le régime hypothécaire, etc. Mais est-ce en un jour qu'il peut tout faire? Laissez-lui le temps d'élaborer toute une régénération sociale; chacun de nous ne voit que les intérêts qui sont à sa portée; lui doit embrasser tous les intérêts qui se heurtent et viennent chaque jour demander satisfaction. Chacune des mesures qu'il prend, quelque simple qu'elle paraisse, a nécessité une longue discussion et la connaissance approfondie des intérêts et des vœux du pays. N'oublions pas que chaque exigence qui vient se presser autour du pouvoir est une entrave apportée à sa marche. Au milieu des entraves sans nombre que les hommes de cœur qui nous gouvernent rencontrent à chaque instant, admirons ce qu'ils ont pu faire en quelques jours. Nous avons obtenu en moins d'un mois plus de mesures d'un large libéralisme qu'on ne nous en a promis en dix-huit ans sous le gouvernement déchu. Ne gâtons pas notre ouvrage; que l'étranger qui nous contemple ne puisse pas dire que nous ne savons que détruire, mais pas édifier; la marche entièrement libérale de nos hommes d'État doit nous donner pleine confiance dans l'avenir. L'établissement d'une constitution, fondée sur une base solide et mûrement discutée, est notre plus pressant besoin; ce premier résultat obtenu, nous verrons les institutions libérales se développer comme par enchantement; un édifice dont les fondations n'ont pas été faites avec soin, ne peut avoir de durée, quelle que soit d'ailleurs la perfection du reste du travail.

J'ai dit que l'égalité de condition de toutes les industries était aussi l'un des moyens d'arriver à l'organisation du travail. En effet, qu'arrivera-t-il si l'une d'elles reste en souffrance? Elle sera abandonnée, et tous les bras qu'elle occupait viendront refluer vers les industries privilégiées; il y aura perturbation dans la production, encombrement, mévente et comme suite nécessaire chômage; on ne peut d'ailleurs produire avec avantage qu'autant qu'il y a des consommateurs, et ces consommateurs sont en dehors de l'industrie qui produit. La plus grande consommation des produits manufacturés doit avoir lieu chez les 26 millions d'agriculteurs. Hé bien! si eux seuls restent déshérités des bienfaits de la révolution, ils seront trop pauvres pour acheter. Le salaire des ouvriers dans les campagnes n'est pas en moyenne le tiers ou la moitié de celui des ouvriers des villes. Cette disproportion est énorme, et malheureusement elle ne peut disparaître de suite. Si le salaire de l'agriculteur était considérablement augmenté avant que le perfectionnement des outils employés à l'agriculture n'ait apporté de notables améliorations dans le travail, et que des méthodes plus rationnelles n'aient augmenté la production, les objets de première nécessité atteindraient un prix tout à fait hors des proportions actuelles. Ce que nous demandons, ce ne sont pas des améliorations forcées; nous saurons attendre avec patience les résultats d'une bonne législation, qui ne peuvent tarder à se faire sentir. Nous comprenons tous, d'ailleurs, les embarras et les difficultés sans nombre qui arrêtent la marche d'un nouveau gouvernement, et notre plus grand soin sera de ne pas l'entraver par une impatience mal calculée.

Sans un bon système d'instruction primaire, établi sur des bases larges et libérales, obligatoire et gratuite pour tous, on ne peut guère espérer un succès complet. L'industriel et l'agriculteur ont autant besoin de leur intelligence que de leurs bras; le travail sans intelligence est improductif. Cette vérité, nos anciens gouvernants, dans leur esprit étroit, n'ont jamais pu la comprendre; ils n'ont vu dans le travail qu'une opération automatique, dans laquelle la force musculaire seule avait une utilité réelle. Aussi ont-ils plus que négligé l'éducation du peuple; ils n'ont pas compris que pour être forts, ils devaient s'appuyer sur la volonté générale et s'adresser à l'intelligence des masses; ils ont préféré nier cette intelligence. Là où ils n'ont vu qu'une force brutale, ils n'ont su employer que la violence. L'armée, dans leurs théories, n'était non plus qu'une force automatique, qui devait agir selon leur volonté: l'événement est venu leur donner un sanglant démenti. La nation entière a montré qu'elle connaissait et savait revendiquer ses droits dans toute leur étendue; aujourd'hui il faut qu'elle sache comprendre l'étendue de ses devoirs.

Bientôt l'Assemblée nationale va être appelée à rédiger une constitution et des lois, qui soient l'expression de la volonté générale. Il faut que le peuple, par le choix de ses représentants, se montre digne de la haute mission de législateur à laquelle il va être appelé. Paris, la capitale du monde civilisé, va recevoir dans ses murs les délégués de la France entière, et la France, confiante dans le patriotisme des Parisiens, leur confie avec sécurité le soin de maintenir la liberté dans les délibérations de ses députés. Si quelque audacieux osait porter atteinte à la volonté nationale, la France compte sur le patriotisme des ouvriers parisiens pour défendre l'ordre menacé; au premier cri d'alarme, trente-cinq millions de Français sont prêts à voler au secours de leurs délégués. Mais le courage et le patriotisme éclairé des ouvriers parisiens suffira pour maintenir l'ordre et déjouer les manœuvres qui tendraient à comprimer la volonté du pays; toute tentative de désordre sera réprimée, car la liberté d'action de la Convention nationale peut seule assurer la consolidation de la République. Quels que soient les moyens de réaction employés, sous quelque masque qu'ils se présentent, la garde nationale parisienne saura défendre son œuvre et conserver à la France régénérée la liberté qu'elle vient de conquérir.

La participation de l'ouvrier aux bénéfices des produits de son travail me semble aussi, ai-je dit, une des conditions essentielles de l'organisation du travail. Cette vérité n'a presque pas besoin de démonstration. En effet, dès que l'ouvrier entrera en partage des bénéfices, le travail deviendra plus parfait, puisqu'il y aura un puissant motif de plus pour lui de faire prospérer l'établissement auquel il est attaché, et de plus, on verra cesser cette lutte continuelle dont le but est d'obtenir une augmentation de salaire, que souvent le fabricant ne peut accorder sans se ruiner, mais que souvent aussi il refuse dans la crainte de voir diminuer ses bénéfices. Cette mesure me semble devoir être celle qui amènera le plus sûrement la perfection dans les moyens de fabrication et le rapprochement d'intérêt le plus complet entre le fabricant et l'ouvrier. C'est à la discussion à la provoquer et à en établir les bases. Je suis persuadé que la majeure partie des fabricants y souscrira avec une entière conviction de son efficacité.

Il manque aussi à la classe ouvrière des plaisirs dignes d'elle. Que peut-elle faire aujourd'hui de ses moments de loisirs ? Elle ne peut que les consacrer au comptoir des marchands de vin. Les affections de famille se perdent, l'intelligence est étouffée. Il faut reformer ces liens de famille aujourd'hui si relâchés; plusieurs mesures doivent y concourir : la création de plaisirs que l'on puisse goûter en famille, tels que le jardinage, la lecture, le spectacle même, auront une grande influence sur ce résultat. Je ne connais pas de familles plus patriarcalement unies que celles des jardiniers et des agriculteurs. Il serait facile de créer des jardinets nombreux auprès des grandes villes. Une société à laquelle on garantirait un minimum d'intérêt, s'en chargerait bien certainement; la classe ouvrière y gagnerait en plaisirs, en santé et en économie. Il n'est pas un ouvrier qui ne se trouvât heureux de pouvoir consacrer ses moments de loisirs à la culture de son jardin avec sa femme et ses enfants.

Le divorce rendu facile, sans frais et sans éclat, accordé sur une simple demande sans motifs avoués, mais rendu définitif seulement après une année, serait encore un puissant moyen de resserrer bien des liens qui aujourd'hui pèsent comme la chaîne de l'esclavage. Le mariage, tel qu'il est constitué aujourd'hui, est indigne d'un peuple libre; il est oppressif à l'égard de la femme.

Un sévère examen des substances alimentaires mises en vente et une loi répressive de la fraude; dans certains cas l'association des consommateurs (ce dernier moyen peut être mis en pratique par les chefs d'ateliers); le classement des ouvriers par eux-mêmes et les patrons; une échelle établie pour les salaires suivant ce classement : telles sont les réformes qui doivent rendre la position de l'ouvrier heureuse. Aujourd'hui il n'y a plus d'utopie irréalisable. Toute idée a droit à un sérieux examen, lorsqu'elle a pour but l'amélioration de la position du travailleur : c'est à ce titre que je présente les vues que je viens d'exposer.

Dès aujourd'hui, je le répète, il faut qu'ouvriers et fabricants, unis dans un même sentiment patriotique, oublient les divisions qu'un pouvoir ombrageux et anti-national n'a cessé de fomenter. Dès aujourd'hui des conférences doivent être ouvertes, et les moyens d'organisation du travail discutés avec calme et bienveillance. Chaque industrie, chaque atelier doit établir ses règlements du consentement libre et spontané des parties contractantes. Les bases de cet accord me semblent devoir être dans la plupart des cas : 1° un salaire fixe aux travailleurs; 2° un intérêt accordé au capital; 3° un partage équitable des bénéfices entre le capital et le travail. Dans certains cas, lors, par exemple, qu'il ne s'agit pas d'une fabrication régulière ou d'un travail qui puisse s'évaluer exactement, d'autres bases devront être adoptées. C'est à la discussion qu'il faut demander ces bases, qui ne peuvent être les mêmes pour toutes les industries.

Le gouvernement vient de prendre deux mesures d'un large patriotisme : c'est l'abolition du marchandage et la fixation de la journée de travail. L'avenir réserve à la classe ouvrière d'autres améliorations plus grandes. Le perfectionnement des machines permettra, soyons-en sûrs, de réduire encore le temps du travail, tout en augmentant les bénéfices de chaque travailleur. La France ne produit pas assez, je l'ai déjà dit, pour suffire à une consommation convenable; il faut donc augmenter la production, mais il faut l'augmenter partout en même temps, si l'on veut éviter l'encombrement.

La masse des jouissances dont dispose un peuple se mesure par la masse des produits consommés; c'est là une vérité incontestable. L'augmentation des salaires serait une mesure incomplète si elle n'était accompagnée de l'augmentation de la production dans toutes les branches de l'industrie. Et d'ailleurs, si les moyens de production ne deviennent pas plus parfaits et plus prompts lorsque les salaires augmenteront, les objets fabriqués devront être vendus plus chers. Il faut donc que fabricants et ouvriers, unis dans une même pensée patriotique, travaillent au perfectionnement de l'industrie avant de lui demander ce qu'elle ne peut donner aujourd'hui. La France attend cette détermination du patriotisme des uns et des autres. Que le fabricant associe donc, dès aujourd'hui, les ouvriers à son industrie; que les salaires soient ce que les circonstances leur permettent d'être, et que tous les efforts se dirigent vers ce but : *faire mieux, plus vite et à meilleur marché.* Le consommateur y gagnera par la diminution de prix ou l'augmentation de qualité des objets fabriqués, et l'ouvrier par la possibilité de réduire encore le temps du travail et d'augmenter son salaire. Mais il faut, pour arriver à ce résultat, du temps, de la patience et la volonté de persévérer dans les voies libérales.

Ouvriers de Paris! n'oubliez pas que la France renferme vingt-six millions d'agriculteurs qui vous nourrissent; n'oubliez pas qu'ils sont encore plus que vous déshérités des bienfaits de la civilisation. Leurs souffrances ne peuvent être comparées qu'à leur résignation et à leur courage. Ils n'apporteront aucun obstacle à la marche du gouvernement, et leurs représentants pourront compter sur leur dévouement. Ils n'attendent pas une amélioration complète immédiate. La réforme de l'impôt sur le sel, une bonne loi sur le régime hypothécaire, l'instruction et le crédit agricole organisés, telles sont les mesures générales qu'ils attendent. Leur travail et leur économie sont les seuls moyens auxquels ils auront recours pour sortir de la misère. Ils seront patients, parce qu'ils ont confiance dans le nouveau régime, et parce qu'ils savent qu'une loi ne peut être bonne si elle est votée sous l'influence de la contrainte. Écoutez les conseils d'un homme qui sait mieux manier la bêche que la plume, mais qui vous parle du fond de son âme. Choisissez bien vos mandataires, et ensuite protégez-les; mais n'allez jamais jusqu'à forcer leur conscience. Celui qui oserait porter atteinte à la liberté de l'Assemblée nationale serait l'ennemi de la patrie, et la France entière se lèverait pour l'écraser. Mais encore une fois, votre patriotisme nous rassure, et le peuple qui a su de son souffle puissant déraciner à tout jamais l'arbre de la royauté, saura aussi protéger ses mandataires contre toute violence. L'enceinte des délibérations de l'Assemblée nationale sera inviolable et sacrée, et le peuple parisien nous donnera encore le spectacle du calme succédant au combat. La France entière, confiante dans le patriotisme de la capitale, est assurée d'avance que la volonté s'y discutera avec la plus entière liberté.

9 782014 063721